AF613395

# L'EMPIRE DE L'AMOUR,

## *BALLET HEROIQUE*,

REPRÉSENTÉ

POUR LA PREMIERE FOIS, PAR L'ACADEMIE ROYALE DE MUSIQUE;



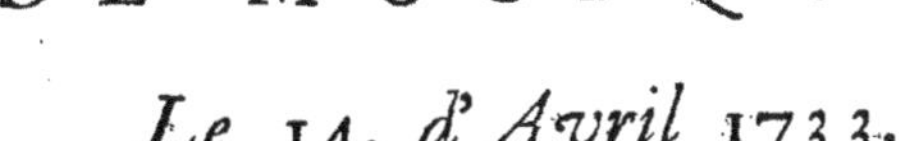

*Le 14. d'Avril 1733.*

DE L'IMPRIMERIE

De JEAN-BAPTISTE-CHRISTOPHE BALLARD,

Seul Imprimeur du Roy, & de l'Academie Royale de Musique.

M. DCC XXXIII.

*AVEC PRIVILEGE DU ROY.*

LE PRIX EST DE XXX. SOLS.

# L'EMPIRE DE L'AMOUR,

*Ballet composé d'un Prologue, & des Entrées suivantes.*

I. LES MORTELS.

II. LES DIEUX. *

III. LES GENIES DU FEU.

* Cette Entrée, suivant l'ordre annoncé par le Prologue, auroit dû être la derniere ; Mais, pour éviter des difficultez dans l'Execution, on a été obligé de la mettre après la premiere Entrée.

---

*Acteurs & Actrices Chantants dans tous les Chœurs du Prologue & du Ballet.*

| CÔTÉ DU ROY. | | CÔTÉ DE LA REINE. | |
|---|---|---|---|
| *Mesdemoiselles* | *Messieurs* | *Mesdemoiselles* | *Messieurs* |
| Dun. | Dun-Pere. | Antier-C. | Le Myre. |
| | Flamand. | | Morand. |
| Lavallée. | S. Martin. | Tettelette. | Deserre. |
| | Lefebvre. | Charlard. | Plet. |
| Gaumenil. | Louette. | | Dautrep. |
| | Marcelet. | Delorge. | Lasalle. |
| Goussier. | Deshais. | Deshaigle. | Besson. |
| | Buseau. | | Duchesne. |
| David. | Duplessis. | Ducoudray. | Houbault. |
| Mailly. | Combault. | Carette. | Bourquet. |

# PROLOGUE.

## ACTEURS CHANTANTS;

| | |
|---|---|
| BACCHUS, | Mr. Chassé. |
| AUTONOE', | Mlle. Eeremans. |
| CLYDE', | Mlle. Jullye. |

## ACTEURS DANSANTS;

### I. DIVERTISSEMENT:

*JEUNES NYMPHES;*

Mademoiselle Richalet;

Mesdemoiselles Le Breton, Favre, Saint Germain, Petit, Thybert, Lamartiniere, Le Sage.

### II. DIVERTISSEMENT:

*FAUNES, SATYRES, MENADES ET CORYBANTES;*

Monsieur Javillier-L.;

Messieurs Dupré, Dumay, Javillier-C., Savar, Matignon.

Mesdemoiselles Rabon, Durocher, Caryille.

# PROLOGUE.

Le Theâtre représente un Boccage de l'Isle de Naxos: BACCHUS est environné des Nymphes, à qui JUPITER l'a confié, qui paroissent dans une extrême vieillesse: On voit un Temple de JUPITER dans l'enfoncement.

## SCENE PREMIERE.

BACCHUS, AUTONOE', CLIDE', CHOEUR des Nymphes de Naxos, assises sur des Bancs de gazon.

AUTONOE'.

*C'Est Bacchus, c'est sa présence,*
*Naxos, qui fait vos attraits:*
*Lieux témoins de sa naissance,*
*Pour vous quelle récompense*
*S'il ne vous quittoit jamais!*
*C'est Bacchus, c'est sa présence,*
*Naxos, qui fait vos attraits.*

CLIDÉ.

*Les doux Plaisirs empressez, sur ses traces,*
*Rendent Bacchus le plus charmant des Dieux:*
*Avoir toûjours la jeunesse & les graces,*
*De tous les biens, est le plus précieux.*

BACCHUS.

*Cessez, Nymphes, cessez de vanter la jeunesse,*
*Que le Destin daigne me reserver;*
*Je ne jouis qu'avec tristesse,*
*D'un bien que tous mes vœux n'ont pû vous conserver.*

CLIDÉ, AUTONOÉ.

*Ne peut-on enchainer le Temps?*
*Le cruel nous poursuit sans cesse,*
*Il fait de nos plus doux instans*
*Autant de pas vers la vielleße.*

BACCHUS.

*Dieu souverain des autres Dieux,*
*Si le bonheur d'un Fils vous interesse,*
*Fléchissez le Destin; qu'il rende la jeunesse*
*Aux Habitantes de ces lieux.*

On entend une Symphonie.

*Mais, quels Concerts se font entendre?*
*Que vois-je! l'Hyver fuit, de beaux jours envolez,*
*Pour la premiere fois vont être rappellez?*
*Revenez doux Printemps, hâtez-vous de descendre.*

Aux NYMPHES.

*Nymphes, à mes regards l'Avenir se découvre,*
*Enfin mes vœux sont exaucez!*
*Jupiter vous appelle, allez, le Temple s'ouvre,*
*Vous embrassez l'Autel & vous rajeunissez.*

CHOEUR DES NYMPHES,
marchant vers le Temple.

*L'importune Vieillesse*
*Apesantit nos pas;*
*Que nous tardons, helas!*
*A recouvrer nôtre jeunesse?*

On voit les Nymphes entrer dans le Temple, embrasser la Statuë de Jupiter, & sortir rajeunies, en dansant & chantant autour de Bacchus.

CHOEUR DES NYMPHES
Rajeunies.

*Au plaisir tout nous convie,*
*C'est une nouvelle vie*
*Que nous venons d'obtenir:*
*Fuyez Vieillesse fatale,*
*Quel bonheur; non, rien n'égale*
*Le plaisir de rajeunir?*

On danse.

LE CHOEUR DES NYMPHES.

*Des Biens parfaits*
*Le ſort nous rend l'uſage*
*Ce doux ſuccès,*
*Bacchus, eſt vôtre ouvrage:*
*Regnez tranquile*
*Dans cet azile,*
*Vôtre préſence ajoûte à vos bienfaits.*

On danſe.

## SCENE II.

Troupes de MENADES, de SATYRES, de CORYBANTES;
Et les Acteurs de la Scene précédente.

On entend une Symphonie bruyante de Trompettes & de Tymbales.

AUTONOE'.

*MAis, quels bruyans Concerts*
*Troublent nos retraites charmantes?*

BACCHUS.

*Les Menades, les Corybantes*
*Viennent ſous mes drapeaux, conquerir l'Univers.*

CHOEURS.

CHOEURS.

*Triomphez, au bruit de nos Festes,*
*Que vôtre Empire aura d'attraits!*
*Regnez Bacchus; par vos conquestes,*
*Vous comptez vos bienfaits.*

On danse.

BACCHUS.

*Parcourons l'Univers; que la Terre féconde,*
*De fruits & de moissons se décore à nos yeux:*
*Je veux, par le bonheur du monde,*
*Devenir le plus grand des Dieux.*

AUTONOÉ.

*Helas! il en est un qui des Dieux est le Maitre!*
*Enfant imperieux, l'Univers est sa Cour:*
*Vôtre repos, & vos vertus peut-être,*
*Dépendront de luy quelque jour.*

BACCHUS.

*Eh! quel est donc enfin ce Tyran?*

AUTONOÉ.

*C'est l'Amour.*

BACCHUS.

*Ne peut-on en fuyant, échapper à ses armes?*

AUTONOE'.

*Pour mieux braver l'Amour, n'en prenez point d'allarmes;*
*Voyez tous ses bien-faits, surpassez par ses maux;*
*L'éloignement ne sert qu'à nous montrer ses charmes,*
*Et nous tromper sur ses défauts.*
*Avant que vous quittiez Naxos,*
*Nous allons dans nos jeux, peindre sa tyranie:*
*Vous le verrez ternir la gloire d'un Heros,*
*Tromper l'art enchanteur du plus puissant Genie;*
*Et luy-même troublé de craintes, de soupirs,*
*Ne pouvoir séparer ses maux de ses plaisirs.*

Les Nymphes vont préparer leurs jeux, & Bacchus reste avec les Corybantes & leurs Troupes.

CHOEUR DES BACCHANTES, ET DES MENADES.

*Dieu charmant, cédez la victoire;*
*Si le Fils de Venus vous appelle à sa Cour,*
*On peut être amoureux & voler à la gloire;*
*Le loisir des Heros appartient à l'Amour.*

FIN DU PROLOGUE.

# L'EMPIRE DE L'AMOUR.

# LES MORTELS.

## ACTEURS CHANTANTS;

PHEDRE, Mlle. Pellicier.

MINOS, Mr. Dun.

ARIANE, Mlle. Le Maure.

THESE'E, Mr. Chassé.

---

## ACTEURS DANSANTS;

### I. DIVERTISSEMENT:

*CRETOIS, CRETOISES;*

Monsieur D-Dumoulin;

Messieurs Savar, Javillier-C., Dumay, Dupré.

Mesdemoiselles Petit, Rabon, Durocher, Carville.

### II. DIVERTISSEMENT:

*PRETRESSES DE VENUS;*

Mesdemoiselles Richalet, Thybert, Le Breton, Lamartiniere, Le Sage, Saint Germain, Favre.

# LES DIEUX.

## ACTEURS CHANTANTS;

| | |
|---|---|
| L'AMOUR, | Mr. Tribou. |
| PSICHE', | Mlle. Eeremans. |
| VENUS, | Mlle. Pellicier. |
| JUPITER, | Mr. Dun. |
| ADONIS, | Mr. Chassé. |
| UNE BERGERE, | Mlle. Mignier. |

---

## ACTEURS DANSANTS;

### I. DIVERTISSEMENT:

*BERGERS, ET BERGERES;*

Monsieur D-Dumoulin, Mademoiselle Camargo;
Messieurs Bontemps, Malter-L., Hamoche, D-Dumoulin, F-Dumoulin.
Mesdemoiselles Le Breton, Thybert, Favre, Saint Germain.

### II. DIVERTISSEMENT:

*DIVINITEZ DU CIEL ET DES EAUX;*

Monsieur Dupré;
Messieurs Dupré, Dumay, Savar, Dangeville, Matignon.
Mesdemoiselles Petit, Rabon, Durocher, Le Sage, Lamartiniere.

# LES GENIES DU FEU.

## ACTEURS CHANTANTS;

ZELINDOR, *Roy des Genies du Feu.* Mr. Tribou.
ISMENE, Mlle. Lemaure.
ALCIDON, Mr. Dun.
SALAMANDRE, Mlle. Jullye.
UNE STATUE, Mlle. Eeremans.

---

## ACTEURS DANSANTS;

### I. DIVERTISSEMENT:

*SUITE DU GENIE DU FEU;*

Monsieur Dupré;

Messieurs Savar, Matignon, Dumay, Dupré.

Mesdemoiselles Durocher, Carville, Rabon, Petit.

### II. DIVERTISSEMENT:

Mademoiselle Camargo;

Messieurs P-Dumoulin, Dangeville, Malter-L., Hamoche, Bontemps.

Mesdemoiselles Thybert, Le Breton, Richalet, Le Sage, Lamartiniere.

## PRIVILEGE DU ROY.

LOUIS par la grace de Dieu, Roy de France & de Navarre : A nos amez & feaux Conseillers, les Gens tenant nos Cours de Parlement, Maîtres des Requêtes ordinaires de nôtre Hôtel, Grand Conseil, Prevôt de Paris, Baillifs, Sénéchaux, leurs Lieutenans-Civils, & autres nos Justiciers qu'il appartiendra, Salut. Les Sieurs Besnier, Avocat en Parlement, Chomat, Duchesne, & de la Val de S. Pont, Bourgeois de nôtre bonne Ville de Paris ; Nous ont fait remontrer, qu'en consequence de l'Arrest de nôtre Conseil du 12. Decembre 1712. du Traité fait entr'eux & les Sieurs de Francine & Dumont, le 24. desdits Mois & An, & de nos Lettres Patentes du 8. Janvier ensuivant, confirmatives dudit Traité ; Ils auroient acquis le Privilege, de faire representer les Opera durant le temps de vingt années, à compter du 20. Aoust 1712. ainsi que le Privilege de la vente des Paroles desdits Opera, lesquelles ils desireroient faire imprimer pour les donner au Public, s'il Nous plaisoit leur accorder nos Lettres de Privilege sur ce necessaires : A CES CAUSES ; desirant favorablement traiter les Exposants, attendu les charges dont l'Academie Royale de Musique se trouve oberée, & les grandes dépenses qu'il convient de faire, tant pour l'Impression que pour la Gravûre en Taille-douce des Planches dont ce Livre sera orné ; Nous leur avons permis & permettons par ces Presentes, de faire imprimer & graver les Paroles & la Musique de tous lesdits Opera, qui ont été ou qui seront representez par l'Academie Royale de Musique, tant separément que conjointement, en telle forme, marge, caractere, nombre de Volumes & de fois que bon leur semblera, & de les vendre & debiter par tout nôtre Royaume pendant le temps de dix-neuf années consecutives, à compter du jour de la datte desdites Presentes. Faisons défenses à toutes personnes, de quelque qualité & condition qu'elles puissent être, d'en introduire d'impression étrangere, dans aucun lieu de nôtre obéïssance : Et à tous Imprimeurs, Libraires, Graveurs, & autres, d'imprimer, faire imprimer, vendre, faire vendre, débiter ny contrefaire lesdites Impressions, Planches & Figures, en tout ny en partie, sans la permission expresse & par écrit desdits Sieurs Exposans, ou de ceux qui auront droit d'eux, à peine de confiscation des Exemplaires contrefaits, de six mille livres d'amende contre chacun des Contrevenants, dont un tiers à Nous, un tiers à l'Hôtel-Dieu de Paris, l'autre tiers ausdits Sieurs Exposans, & de tous dépens, dommages & interests, à la charge que ces Presentes seront enregistrées tout au long sur le Registre de la Communauté des Imprimeurs & Libraires de Paris, & ce dans trois Mois de la datte d'icelles ; que la gravûre & impression desdits Opera sera faite dans nôtre Royaume & non ailleurs, en bon papier & en beaux caracteres, conformément aux Reglemens de la Librairie, & qu'avant de les exposer en vente, il en sera mis deux Exemplaires dans nôtre Bibliotheque publique, un dans celle de nôtre Château du Louvre, un autre dans celle de nôtre tres-cher & feal Chevalier Chancelier de France, le Sieur Phelypeaux, Comte de Pontchartrain, Commandeur de nos Ordres ; Le tout à peine de nullité des Presentes ; Du contenu desquelles vous mandons & enjoignons de faire joüir lesdits Sieurs Exposans, ou leurs Ayants-cause, pleinement & paisiblement, sans souffrir qu'il leur soit fait aucun trouble ou empeschement. Voulons que la Copie desdites Presentes, qui sera imprimée au commencement ou à la fin desdits Opera, soit tenuë pour dûëment signifiée ; & qu'aux Copies collationnées par l'un de nos amez & feaux Conseillers & Secretaires, foy soit ajoûtée comme à l'Original. Commandons au premier nôtre Huissier ou Sergent, de faire pour l'execution d'icelles tous Actes requis & necessaires, sans demander autre permission, & nonobstant Clameur de Haro, Charte Normande & Lettres à ce contraires. CAR tel est nôtre plaisir. DONNE' à Versailles le vingtiéme jour d'Aoust l'An de Grace mil sept cent treize, & de nôtre Regne le soixante-onziéme, Par le Roy en son Conseil. Signé BESNIER, avec paraphe, & scellé.

Registré sur le Registre N° III. de la Communauté des Libraires & Imprimeurs de Paris, *Page* 643 N°. 741 conformément aux Reglemens, & notamment à l'Arrest du 30. Aoust 1703. Fait à Paris ce 12. Septembre 1713. *Signé*, L. JOSSE, Syndic.

*Par Traité passé,* DE L'ORDRE DU ROY, *pardevant Notaires, le 22. Novembre 1727. entre l'Academie Royale de Musique, & le Sr.* BALLARD, *Seul Imprimeur du Roy, &c. Il est Cessionnaire de ladite Academie, pour ce qui regarde les Livres mentionnez au Privilege cy-dessus.*

# LES MORTELS.

Le Theâtre représente un Vestibule, où dans l'un des côtez, on voit un Temple de VENUS: Et dans l'enfoncement, la Mer.

## SCENE PREMIERE.

### PHEDRE ET THESE'E.

PHEDRE.

*Vous quittez Ariane, & la quittez pour moy?*
*Par Phedre & par Thesée, Ariane est trahie?*
*Helas! Elle est ma Sœur, rendez-luy vôtre foy,*
*Ses soins vous ont sauvé la vie.*

THESE'E.

*Je n'ay point oublié tout ce que je luy doy;*
*Envain je triomphois du Monstre de la Crétte,*
*Je perissois bien-tôt dans sa vaste retraite;*

*Ariane a daigné me prêter ſon ſecours ;*
*Je l'aimois, je la fuis, l'Amour vers vous m'entraîne:*
*Nôtre cœur ſans remords, briſe toute autre chaîne,*
*Lorſqu'il trouve l'Objet qu'il doit aimer toûjours.*

PHEDRE.

*J'ay pû vous découvrir tout l'amour qui m'anime,*
*Ce trop injuſte amour que j'ay tant combatu:*
*L'effort de le cacher étoit une vertu ;*
*C'eſt l'aveu ſeul qui fait le crime.*

THESE'E.

*Ariane ignore nos feux?*
*Tranquille, elle n'a point de reproche à vous faire ;*
*Que nôtre amour encor ſoit pour elle un miſtere:*
*Attendons des jours plus heureux.*

PHEDRE.

*Que dites-vous, ô Ciel ! quelle injuſtice?*
*Je luy ravis l'Amant qui fait tout ſon bonheur ;*
*Et j'irois, à l'offenſe ajoûtant l'artifice,*
*Luy cacher ma foibleſſe, & nourir ſon erreur?*
*Je vais luy découvrir ma trahiſon funeſte,*
*Exciter dans ſon cœur l'amitié, le couroux ;*
*C'eſt le ſeul ſecours qui me reſte*
*Contre moy-même, & contre vous.*

THESE'E.

*D'un malheur qu'elle ignore,*
*Fuyez le vain éclat;*
*Vous ne luy rendrez qu'un Ingrat,*
*Et vous perdrez qui vous adore.*

PHEDRE.

*Elle vient...*

THESE'E.

*Ciel!*

## SCENE II.

ARIANE, & les Acteurs de la Scene précédente.

ARIANE.

*SEigneur, tout flate vos souhaits,*
*Le Sort ne vous est plus contraire;*
*Minos a consenty qu'Athenes désormais,*
*De nôtre Crétte enfin ne soit plus tributaire;*
*Il va briser vos fers & vous donner la paix.*

THESE'E.

*Qu'entens-je!* Le Roy vôtre Pere.....

ARIANE.

*Après ce changement heureux,*
*Je me flate que, sans colere,*
*Il aprendra l'amour qui nous unit tous deux.*

THESE'E.

*Ciel !*

ARIANE.

*Minos vous attend ; Thesée, enfin j'espere*
*Qu'un mutuel amour fera nôtre bonheur :*
*Allez.*

THESE'E, à PHEDRE.

*Si vous l'aimez, laissez-luy son erreur.*

## SCENE III.

PHEDRE ET ARIANE.

ARIANE.

*L'Amitié nous unit d'une égale tendresse,*
*Ma Sœur, je sçais combien mon sort vous interesse ;*
*Mais, vous n'avez jamais aimé,*
*Et ce trouble amoureux dont mon cœur est charmé,*
*Ne vous paroît qu'une foiblesse.*

*D'où vient que vôtre ame à son tour,*
*Au doux plaisir d'aimer, ne s'est point asservie ?*
*Ah ! croyez-moy, s'il est un bonheur dans la vie ;*
*On ne le doit qu'au tendre Amour.*

PHEDRE.

*Les biens qu'Amour nous diſpenſe,*
*N'ont ſouvent que l'apparence;*
*Un jour, un ſeul inſtant en fait des maux cruels:*
*On porte aux pieds de ſes Autels,*
*Plus de regrets que de reconnoiſſance.*

ARIANE.

*Puis-je ſoupçonner un moment*
*Le bonheur où l'Amour m'appelle?*
*J'aime un Heros, il eſt charmant!*
*Il me ſera toûjours fidele.*

PHEDRE.

*Vous croyez que Theſée, en faveur d'un ſecours?..*

ARIANE.

*Il eſt ſur de mon cœur, il m'aimera toûjours.*

*Le tendre penchant qu'il m'inſpire*
*M'a fait luy conſerver le jour:*
*Ah! quel plaiſir! dans mon cœur, je puis dire:*
*Tous les momens où mon Amant reſpire*
*Sont l'ouvrage de mon amour.*

PHEDRE.

*Ma Sœur trop long-temps abuſée...*

ARIANE.

*On vient, le Roy s'avance, & j'aperçois Theſée.*

## SCENE IV.

MINOS, THESE'E,
Troupe de Crétois, d'Atheniens, & les Acteurs de la Scene précédente.

MINOS, à THESE'E.

*JEune Heros, vôtre valeur*
*Eteint de funestes haines;*
*Le Monstre de la Crétte, en vous, trouve un Vainqueur,*
*Je brise enfin vos chaînes;*
*Je n'exigeray plus d'autre tribut d'Athenes*
*Que l'amitié de son Liberateur.*

*Chantez, célébrez la victoire,*
*Qu'un Heros remporte en ces lieux:*
*Faites voler jusques aux Cieux,*
*Son triomphe & sa gloire.*

CHOEURS, *Chantons*, &c.

Les Crétois ôtent les fers qui enchaînent les Atheniens; Et commencent des Jeux.

MINOS.

*Grand Dieu du Ciel, regnez sur ce Rivage,*
*Le repos de la Crête est un de vos bienfaits:*
*Mortels ambitieux, la guerre est vôtre ouvrage,*
*Les Dieux n'inspirent que la paix.*

On danse.

UNE CRETOISE, alternativement avec LE CHOEUR.

*Goûtez d'heureux loisirs,*
*Aimable Jeunesse,*
*Tout vous en presse:*
*Que les Jeux, les Plaisirs*
*Préviennent sans cesse*
*Vos tendres desirs.*

SEULE.

*Le Ciel remplit nôtre attente,*
*Dans ces beaux lieux*
*Tout enchante,*
*La Paix charmante*
*Va combler nos vœux.*

LE CHOEUR.

*Goûtez*, &c.

SEULE.

*Blesse nos cœurs*
*De tes douces armes;*
*Tes traits vainqueurs,*
*Amour, sont des faveurs,*
*Non, non, tes langueurs,*
*Tes pleurs*
*Ont des charmes.*

LE CHOEUR.

*Goûtez*, &c.

On danse.

MINOS, à THESE'E.

*Seigneur, je sçais quel Dieu, pour conserver vos jours,*
*Vous a du Labirinthe enseigné les détours:*
*Vous avez fait paroître un courage indomptable,*
*Je pardonne à ce Dieu, de vous avoir servy:*
*La vertu me paroît aimable,*
*Jusques dans mon ennemy.*

à ARIANE.

*Deviez-vous de vôtre tendresse,*
*Chercher à me faire un secret?*
*L'amour n'est plus une foiblesse*
*Lorsqu'un Heros en est l'objet.*
*J'aprouve vôtre amour, vivez heureux ensemble;*
*Que bien-tôt l'Hymen vous assemble.*

PHEDRE, à part.

*Ciel!*

ARIANE.

*Vous comblez nos vœux.*

THESE'E.

*Quoy! pouvois-je esperer!...*

MINOS, à ARIANE.

*Allez, & par un sacrifice,*
*Aux vœux que nous formons, rendez Venus propice;*
*Pour vôtre Hymen, je vais tout préparer.*

SCENE V.

## SCENE V.

PHEDRE.

*AH ! qu'il est different de céder ce qu'on aime,*
*Ou de le perdre malgré soy !*

*Lorsque je me privois moy-même*
*D'un cœur dont Ariane a merité la foy,*
*Ma vertu me payoit de cet effort suprême :*
*L'Hymen va les unir sous une même loy,*
*Je ne puis resister à ma douleur extrême.*

*Ah ! qu'il est different de céder ce qu'on aime,*
*Ou de le perdre malgré soy !*

## SCENE VI.

PHEDRE ET THESE'E.

PHEDRE.

*HE bien, pour Ariane en ce jour tout conspire.*

THESE'E.

*Au Temple de Venus, je viens de la conduire.....*

PHEDRE.

*Eh quoy ! de son hymen vous pressez le moment ?*
*C'est à moy de mourir, elle doit être heureuse ;*
*Je le sçais, je subis ma destinée affreuse :*
*Mais, vous deviez du moins m'épargner le tourment*
*De vous voir cet empressement.*

THESE'E.

*Que vôtre injustice est extrême!*
*Quel temps choisissez-vous pour accuser mon cœur?*
*Helas! l'excès de ma douleur,*
*Cette même Venus qu'implore vôtre Sœur;*
*Tout m'est garand que je vous aime.*
*Non, vous ne verez point cet hymen odieux;*
*Je puis tromper du Roy la volonté suprême,*
*Un Vaisseau qui m'attend...*

PHEDRE.

*Vous partiriez, ô Dieux?*

*Destin, que ta rigueur fatale*
*Lance sur moy d'horribles traits!*
*Il faut que mon Amant s'unisse à ma Rivale,*
*Ou me resoudre, helas! à ne le voir jamais.*

ENSEMBLE.

*O Ciel, quelle peine cruelle!*
*Ciel... ô Ciel quel funeste choix!*

PHEDRE.

*L'horreur d'un absence éternelle,*
*La douleur de vous voir vivre sous d'autres loix?*

THESE'E.

*Non, je ne puis briser une chaîne si belle;*
*Phedre... si vôtre amour étoit égal au mien?*
*Si vous sçaviez aimer...*

PHEDRE.

*Hé bien...*

THESE'E.

*A nos ſermens vous me veriez fidele.*
*Envain icy le Sort s'eſt armé contre nous,*
*L'Hymen peut nous unir...*

PHEDRE.

*Theſée, expliquez-vous?*

THESE'E.

*Mon Pere eſt Souverain d'Athenes,*
*Il a ſçû ma victoire, il attend mon retour;*
*Il connoît vos vertus...s'il voyoit nôtre amour?*
*Ah! qu'avec plaiſir dans ſa Cour,*
*De nôtre Hymen il formeroit les chaînes!*

PHEDRE.

*O Ciel, quel projet, odieux!*
*Eſclave de l'Amour, je fuyrois de ces lieux!*
*Je trahirois ma Sœur, mon Pere & ma Patrie?*

*Vôtre Hymen eût été*
*Le charme de ma vie,*
De ma felicité
*L'eſperance eſt trahie,*
*Reſiſtons à nôtre cœur:*
*Peut-on jouir d'un bonheur*
*Qui coûte une perfidie?*

*Fuyez-moy, j'y consens, quand j'en perdrois le jour...*

THESE'E.

*Vous m'aimez? & vous même ordonnez mon supplice!*
*Cruelle!.. Mais enfin, je sens mon injustice,*
*Vous cédez au devoir, il m'éclaire à mon tour:*
*Ariane a sçû me défendre*
*D'un peril... Mais, quel cœur aime comme le sien?*
*Malgré les soins constans qu'elle ma vû vous rendre,*
*Son amour est si pur, son amour est si tendre*
*Qu'il n'a pû soupçonner le mien;*
*Et j'allois achever ma trahison funeste.*
*Je partois... je l'aimay, je ne m'en défens pas;*
*Je luy porte ma main, le temps fera le reste,*
*Il luy rendra mon cœur....*

PHEDRE.

*Helas!*
*Vous l'aimeriez? ah! tout me desespere!*
*Ma Sœur... de quel transport mon cœur se sent saisir?*
*Quoy! n'ay-je plus de choix à faire,*
*Que vous tromper, ou vous haïr?*

Le Temple s'ouvre, & les Prêtresses paroissent.

THESE'E.

*On vient, le Roy m'attend.*

PHEDRE.

*Que mon trouble est extrême!*

THESE'E.

*Ah ! Princesse, fuyons, nous n'avons qu'un instant,*
*Vous suivrez un Epoux dans le plus tendre Amant?*
*Je meurs si je vous perds... prononcez...*

PHEDRE.

*Je vous aime.*

## SCENE VII.

ARIANE, ET LES PRESTRESSES DE VENUS.

ARIANE préside au Sacrifice.

On danse.

ARIANE, alternativement avec LE CHOEUR.

*De Venus celebrons-tous l'Empire,*
*Tout nous plaît dans les feux qu'elle inspire :*
*Il n'est point de tourments,*
*Pour les parfaits Amants.*

On danse.

## LE CHOEUR.

*De Venus celebrons-tous l'Empire,*
*Tout nous plaît dans les feux qu'elle inspire:*
*Il n'est point de tourments,*
*Pour les parfaits Amants.*

## ARIANE.

*Elle enflâme un Heros que j'adore,*
*Tout mon cœur s'abandonne aux transports de ses feux:*
*Le pouvoir des Dieux que l'on implore*
*Peut-il mieux éclater, qu'en nous rendant heureux!*

## LE CHOEUR.

*De Venus celebrons-tous l'Empire,*
*Tout nous plaît dans les feux qu'elle inspire:*
*Il n'est point de tourments,*
*Pour les parfaits Amants.*

## SCENE VIII.

MINOS, & les Acteurs de la Scene précédente.

MINOS.

à ARIANE.

*SOrtez d'erreur, cessez les inutiles vœux,*
*Dont ces Murs sacrez retentissent :*
*Vôtre Sœur, vôtre Amant, & les Dieux vous trahissent.*

ARIANE.

*Phedre ! Thesée ! ô Dieux !*

MINOS.

*Les perfides s'aimoient, ils ont fuy de ces lieux ;*
*Les Vents les ont sauvé du couroux qui m'anime.*
*Vous sucombez à vos douleurs ?*

à ARIANE.

*Phedre est plus malheureuse, Elle seule est victime*
*De l'Amour & de ses fureurs.*
*Ce Dieu, ce Dieu cruel luy fait commettre un crime,*
*Et ne vous coûte que des pleurs.*

On apperçoit un Vaisseau qui s'éloigne.

*Ils s'éloignent, ô Ciel ! ma douleur legitime*
*Ne sçauroit soûtenir ce spectacle odieux.*

Il sort.

## SCENE IX.

ARIANE, ET LES PRESTRESSES.

ARIANE.

*QV'ay-je appris! quel Objet vient de fraper mes yeux!*
*Thesée... Il m'abandonne, & mon cœur le rapelle?*
*Quoy! ma Sœur? ô douleur mortelle!*
*Phedre, peut partager ses perfides amours!*
*Helas, de l'Infidelle*
*Avec tant de plaisir, j'avois sauvé les jours!*
*Dieux! quel en est le prix! Il va vivre pour Elle.*
*Mais, tout sert leur fuite cruelle;*
*Le Vaisseau disparoit? ô comble de malheurs!*
*Barbare, soy content; Tu me trahis... je meurs.*

Elle tombe dans les bras des Prêtresses, qui l'emmenent.

FIN.

# LES DIEUX.

Le Theâtre repréſente un Lieu champêtre.

## SCENE PREMIERE.

PSICHE', en habit d'Eſclave.

*On, Venus, non, malgré ta fureur vangereſſe,*
*Mes tranſports pour l'Amour ne ſont point effacez:*
*Si tu veux que mes maux égalent ma tendreſſe,*
*Tu ne me punis pas aſſez.*

L'AMOUR traverſe le Theâtre, ſans que PSICHE' l'aperçoive.

*J'oſe nommer l'Amour. Ah! luy ſuis-je encor chere?*
*Cherche-t-il ſa Pſiché? me plaint-il ſeulement?*
*Qui croiroit qu'un Dieu ſi charmant*
*Pût reſſentir de la colere!*

## SCENE II.

L'AMOUR, PSICHE'.

L'AMOUR, qui a paru dans l'enfoncement du Theâtre, tandis que PSICHE' chantoit les derniers Vers.

*NOn, non, belle Psiché, je n'ay plus de couroux.*

PSICHE'.

(Elle se jette à ses pieds.)

*Que vois-je, c'est l'Amour? c'est le Dieu que j'adore?*

L'AMOUR.

*Quelle rigueur Venus exerce contre vous!*

PSICHE'.

*Ah! j'ay trop peu souffert, si vous m'aimez encore.*

## SCENE III.

VENUS, PSICHE', L'AMOUR.

VENUS.

*ARrêtez; le Destin la retient dans mes fers;*
*Je sçais punir un Fils rebelle.*

à PSICHE'.

*Et toy trop superbe Mortelle,*
*Tu prétens m'effacer aux yeux de l'Univers?*
*Perds ton Amant, tombe aux fond des Enfers.*

La Terre s'ouvre, PSICHE' est précipitée.

L'AMOUR.

*Implacable Venus....*

VENUS.

*Tu m'irrites contr'elle?*
*Tu l'adores, Perfide, & tu crois m'attendrir?*
*N'aime plus qui je hais, ou viens le voir mourir.*

## SCENE IV.

L'AMOUR.

*GRand Dieu qui lancez le tonnerre,*
*Des fureurs de Venus, venez rompre le cours.*

*Venez pour conserver la Terre,*
*De Psiché deffendre les jours.*

*Moy seul des Elemens j'ay terminé la guerre:*
*Si j'ôte à l'Univers mon utile secours,*
*Le désordre, l'horreur y regneront toûjours.*

*Venez, pour conserver la Terre,*
*De Psiché deffendre les jours.*

## SCENE V.

### JUPITER, L'AMOUR.

JUPITER.

*AMour, Psiché vivra, comptez sur mon secours.*
*Quelles barbares injustices*
*Le Sort exerce sur vos vœux?*
*De l'Univers vous faites les délices;*
*Et vous ne seriez point heureux!*

L'AMOUR.

*Psiché sans art, sans soins, a le secret de plaire;*
*Ce Don de tout charmer, est dans ses propres traits!*
*Et c'est un crime que ma Mere*
*Ne luy pardonnera jamais.*

JUPITER.

*La superbe Venus ignore*
*Quel est Jupiter irrité?*
*Je veux humilier l'orgueil de sa beauté.....*

L'AMOUR.

*Non, son cruel dépit redoubleroit encore.*
*N'employons que des soins flateurs,*
*Cachons bien à Venus tout ce qui lui rapelle*
*Qu'il est une Mortelle,*
*Que luy préferent tous les cœurs.*

*Le charmant Adonis que j'ay bleſſé pour Elle,*
*Peut ſeul adoucir ſes fureurs :*
*N'employons que des ſoins flateurs ;*
*Cachons bien à Venus tout ce qui lui rapelle*
*Qu'il eſt une Mortelle,*
*Que lui préferent tous les cœurs.*
*Elle vient, Adonis luy parle de ſa flâme,*
*Elle aime, ſon couroux doit s'éteindre en ce jour.*
*Dans le trouble charmant d'un mutuel amour,*
*Quel autre ſentiment peut regner dans une ame.*

ENSEMBLE.

Elle aime, ſon dépit doit s'éteindre en ce jour.

## SCENE VI.

VENUS, ADONIS.

VENUS.

*NOn, le Dieu Mars n'eſt point l'Amant qui m'intereſſe,*
*D'un Vainqueur plus charmant j'ay ſenty le pouvoir.*

ADONIS.

*Qui peut donc de Venus meriter la tendreſſe ?*

VENUS.

*N'avez-vous pû vous en appercevoir ?*

ADONIS.

*He par quel bonheur ſuprême*
*Aurois-je droit de lire au fond de vôtre cœur?*
*Non, je n'oſe ſçavoir quel eſt vôtre Vainqueur,*
*Si je ne l'apprens de vous-même.*

VENUS.

*Helas! ce qu'on cache à regret,*
*Aiſément ſe fait entendre:*
*Et vous ſçauriez déja tout mon ſecret,*
*Si vôtre cœur m'aidoit à vous l'apprendre.*

ADONIS.

*Si j'en croyois mon cœur, quelle félicité!*
*Vous m'aimeriez d'une ardeur éternelle.*

*Chaque regard de ma divinité,*
*Seroit une ſource nouvelle,*
*De plaiſir, de fidelité;*
*Tous mes vœux me répondroient d'Elle.*

*Si j'en croyois mon cœur; quelle félicité!*
*Vous m'aimeriez d'une ardeur éternelle.*

VENUS.

*Que l'eſperance enchante vôtre cœur;*
*Qu'il en ſoit, s'il ſe peut, plus tendre:*
*Plus il aura de retour à pretendre,*
*Plus il aſſure ſon bonheur.*
*Que l'eſperance enchante vôtre cœur;*
*Qu'il en ſoit, s'il ſe peut, plus tendre.*

ENSEMBLE.

*Nous cédons à ta puissance,*
*Amour, lance tous tes traits:*
*Quel bonheur a plus d'atraits,*
*Que d'aimer d'intelligence!*

## SCENE VII.

CHOEUR DE BERGERS, DE BERGERES;
Et les Acteurs de la Scene précédente.

VENUS.

*DEs charmes de l'Amour vous sentez tout le prix,*
*Bergers, de ce beau jour éternisez la fête:*

*Chantez: Venus est la conquête*
*D'un Mortel plus beau que son Fils.*

On danse.

CHOEUR DES BERGERS ET DES BERGERES.

*Chantons, célébrons nôtre gloire:*
*Que ce jour fortuné nous promet de beaux jours!*
*La Terre, sur les Cieux, remporte la victoire;*
*Un Mortel a charmé la Mere des Amours!*

On danse.

VENUS.

*Qu'Amour lance des traits*
*D'un charme inévitable ;*
*L'espoir de ses bienfaits,*
*Est un bien veritable.*

*Vous qui sentez ses feux,*
*Bergers de ces retraites ;*
*Sur vos tendres Musetes,*
*Chantez le Dieu qui vous rend heureux.*

On danse.

UNE BERGERE, alternativement avec LE CHOEUR.

*Charmant Amour, regne à jamais,*
*Tu recompenses nôtre zele ?*
*On voit Venus dans nos forests,*
*Nous enseigner à sentir tes bienfaits :*

*Dignes Sujets*
*De l'Immortelle,*
*A son exemple, épuisons tes ardeurs ;*
*Aimons si bien, qu'enfin nos cœurs*
*Surpassent leur modelle.*

On danse.

ADONIS, à VENUS.

*Quel plaisir l'Amour sçait répandre*
*Dans un cœur qu'il tient engagé,*
*L'excès de mon bonheur ne sçauroit se comprendre !*
*Helas ! ce Dieu charmant, par vous-même outragé,*
*Céde*

*Céde à l'ennuy qui le dévore :*
*Eh comment s'en est-il vangé !*
*Ce que vous aimez, vous adore !*
*Rien n'ose vous troubler dans un bonheur si doux :*
*Pourriez-vous bien le dérober encore,*
*A ces mêmes plaisirs qu'il a versez sur vous ?*

VENUS.

*Non, je consens qu'une Mortelle*
*Reçoive tous les vœux que j'avois réunis :*
*Je possede le cœur du charmant Adonis,*
*C'est mille fois triompher d'Elle.*

## SCENE VIII.

JUPITER, L'AMOUR, VENUS, ADONIS.

L'AMOUR.

*Venus, belle Venus.....*

VENUS.

*Soyez heureux, mon Fils,*
*Je céde au doux penchant que mon bonheur m'inspire,*
*Aimez, aimez Psiché, j'approuve vôtre ardeur.*

L'AMOUR.

*Disposez de tout mon Empire*
*Je ne reserve que son cœur.*

JUPITER.

*Venus a calmé sa colere,*
*Sortez belle Psiché, de l'Infernal séjour,*
*Possedez le cœur de l'Amour,*
*De l'aveu même de sa Mere.*

On voit PSICHE' sortir des Enfers.

## SCENE IX.

PSICHE'; Et les Acteurs de la Scene précédente.

L'AMOUR.

*MA Psiché.*

PSICHE'.

*Dieu charmant.*

L'AMOUR.

*Venus vous rend à vôtre Amant.*

PSICHE', se jettant aux pieds de Venus.

*Ma reconnoissance éternelle.....*

VENUS.

*Et quoy! j'ay pû troubler vôtre félicité,*
*Quel charme! quel bonheur, qu'une ardeur mutuelle!*
*Ah! qu'Adonis me soit fidéle,*
*Et je céde à Psiché le prix de la Beauté.*

PSICHE'.

*Ai-je pû vous faire une offense?*
*Eh! comment de Venus partager les honneurs?*
*Consultez vos beaux yeux, lisez dans tous les cœurs,*
*Vous y verrez mon inocence.*

JUPITER.

*Dieux, descendez de l'Empire suprême :*
*Que Neptune & sa Cour sortent du sein des Mers ;*
*Le jour qui rend heureux le Dieu qui fait qu'on aime,*
*Est la fête de l'Univers.*

Les Dieux de l'Olympe descendent dans une gloire, Neptune & sa Cour sortent des Mers les Graces, les Jeux & les Plaisirs se rassemblent autour de l'Amour & de Psiché, avec les Habitans de Paphos, & tous forment des jeux pour l'hymen, & l'immortalité de Psiché.

JUPITER.

*Qu'une Divinité nouvelle*
*Jouisse parmy nous d'un éternel bonheur :*
*Psiché du Dieu d'Amour sçait enchanter le cœur,*
*Elle est digne d'être immortelle.*

LE CHOEUR DES DIVINITEZ.

*Qu'une Divinité nouvelle*
*Jouisse parmy nous d'un éternel bonheur :*
*Psiché du Dieu d'Amour sçait enchanter le cœur,*
*Elle est digne d'être immortelle.*

FIN.

# LES GENIES DU FEU.

Le Theâtre représente le Palais du Roy des Genies; On y voit une Urne élevée sur un Pié-d'Estal.

## SCENE PREMIERE.

### ISMENE.

*Her Alcidon, tu m'aimeras toûjours,*
*Si ta fidelité dépend de ma constance.*

*Nôtre Hymen s'apprêtoit, quels étoient nos beaux jours!*
*Lorsqu'un cruel Genie en termina le cours;*
*Souveraine en ces lieux, où brille sa puissance,*
*y-je un instant cessé de pleurer ton absence?*

*Cher Alcidon, tu m'aimeras toûjours,*
*Si ta fidelité dépend de ma constance.*

*Pour forcer ton Rival à perdre l'esperance,*
*Que n'ay-je point tenté, mépris, indifference;*
*Helas, inutile secours!*
*Tout attache un Amant, dont l'amour nous offense;*
*Mais, malgré sa perseverance:*

*Cher Alcidon, tu m'aimeras toûjours,*
*Si ta fidelité dépend de ma constance.*

*Mais, je vois le Genie, Amour cruel Amour,*
*Ne peux-tu m'arracher de sa funeste Cour?*

## SCENE II.

### ZELINDOR, ISMENE.

### ZELINDOR.

*ISmene, Ismene, ô Ciel! vous fuyez ma présence?...*

*Aimez, goûtez la recompense,*
*Que ce que j'aime obtient par sa fidelité:*
*Je fais durer autant que sa constance*
*Et sa jeunesse & sa beauté.*

*Ah ! d'une jeunesse éternelle,*
*Assurez-vous par de tendres desirs ;*
*Daignez être toûjours belle,*
*Il n'en coûte que des plaisirs.*

*Vous ne répondez point ? ah ! c'en est trop, Cruelle.*
*Venez, volez, rassemblez-vous*
*Ministres de mon Art, formez de puissants charmes,*
*Hâtez-vous, donnez-moy des armes,*
*Qui d'un fatal amour puissent braver les coups.*

Troupe de GENIES qui paroissent.

*Mais, je m'abuse, il faut que ma foiblesse éclate,*
*Le secours de nôtre Art s'offriroit vainement ;*
*Un seul des regards de l'Ingrate*
*Détruiroit tout l'Enchantement.*

*Si l'amour que je sens, dans son cœur ne peut naître ;*
*Par nos Chants, par nos Jeux, tâchons de la charmer :*
*Qu'elle jouisse au moins du plaisir de connoître,*
*Que dans ces lieux ; tout est fait pour l'aimer.*

CHOEUR DES GENIES.

*Hâtons-nous, formons des Concerts ;*
*Chantons, chantons l'aimable Ismene,*
*Sa beauté la rend Souveraine*
*Du plus fidele Amant qui soit dans l'Univers.*

Les GENIES forment des Jeux.

UN GENIE, à ISMENE.

*Dans une éternelle jeunesse*
*Nous voyons couler nos instants,*
*Nos cœurs formez pour la tendresse,*
*Dès qu'ils sont heureux, sont constants:*
*Puisse l'amour qui nous inspire,*
*Verser sur vous ses plaisirs les plus doux!*
*Ah! quel séjour que nôtre Empire,*
*Si vous daigniez habiter parmy nous!*

Les GENIES continuent leurs Danses.

ZELINDOR, à ISMENE.

*Cesseriez-vous d'être infléxible?*
*Je crois voir dans vos yeux moins de haine pour moy?*
*Pour vous prouver ma foy,*
*Rien ne m'est impossible;*
*Parlez, par quel serment terrible?*

ISMENE.

*Les plus tendres sermens repetez chaque jour*
*Sont de trompeurs garants d'une tendresse extrême:*
*La plus grande marque d'amour,*
*Est de rendre heureux ce qu'on aime.*

ZELINDOR.

*Tout vous prévient dans cette Cour:*
*De vôtre seul bonheur, je fais mon bien suprême.*

ISMENE.

ISMENE.

*Je ne puis voir avec tranquillité*
*Ce pouvoir merveilleux que vous faites paroître.*
*Dans mon Amant tout me découvre un Maître,*
*L'amour veut plus d'égalité.*
*Quel est cet Art enfin, ne puis-je le connoître?*
*S'il étoit vray que j'eusse vôtre cœur,*
*Vous m'auriez découvert ce Pouvoir enchanteur.*

ZELINDOR.

*He bien... il faut vous en instruire.*
à part.
*Ciel! quel soupçon, un tel desir m'inspire!*
à ISMENE.
*Vos vœux vont être satisfaits;*
*Regardez cette Urne fidelle,*
*Par elle, je remplis tous les vœux que je fais;*
*Elle peut tout sur moy, je ne puis rien sans elle;*
*Ce secret que je vous révelle,*
*M'assujetit moy-même à remplir vos souhaits.*
*Je vous quitte; invoquez cette Urne si puissante,*
*Et tout sera soumis à vos commandements.*
*Ah! puissiez-vous n'employer ces moments*
*Qu'à connoître l'excès de l'amour qui m'enchante!*

## SCENE III.

### ISMENE.

*QU'ai-je entendu? je ſens le plus heureux tranſport!*
*L'Urne renfermeroit cette vaſte puiſſance?*
*Je deviendrois maitreſſe de mon ſort!*
*Ah! d'un ſecret ſi cher, faiſons l'experience.*

Elle s'aproche de l'Urne.

*Urne, pour me prouver ton pouvoir precieux,*
*Que ce Palais diſparoiſſe à mes yeux;*
*Offre-moy le ſéjour où j'ay reçû naiſſance.*

Le Theâtre ſe change en un Palais, environné de Jardins ornez de Statuës.

*Que vois-je? le ſuccès remplit mon eſperance!*
*Eſt-ce une illuſion, dont mes ſens ſont charmez?*
*Par de nouveaux ſouhaits, calmons ma défiance:*
*Que ces Marbres ſoient animez.*

Les Statuës s'animent, & forment des Jeux.

CHOEUR DE STATUES ANIME'ES, à ISMENE.

*Mille Beautez s'aplaudiſſent*
*D'avoir le don de charmer,*
*Et leurs appas n'atendriſſent*
*Que des cœurs faits pour s'enflamer:*

*Dans ces retraites paiſibles,*
*Vôtre pouvoir eſt plus doux,*
*Les Objets les moins ſenſibles*
*S'animent pour vous.*

On danſe.

## UNE STATUE ANIMÉE.

*Quel bonheur digne d'envie!*
*Tes vœux nous donnent la vie;*
*A ta voix*
*L'Univers change,*
*Tout ſe range*
*Sous tes loix.*

*Tout reconnoit ton Empire,*
*Tu le veux, le marbre reſpire;*
*Tes beaux yeux*
*Nous donnent l'Eſtre,*
*Nous font naitre,*
*Sont nos Dieux.*

*Quel bonheur digne d'envie!*
*Tes vœux nous donnent la vie;*
*A ta voix*
*L'Univers change,*
*Tout ſe range*
*Sous tes loix.*

*Pour nos jours quel doux présage!*
*C'est l'ouvrage*
*De tes traits*
*De nos cœurs reçoi l'hommage,*
*C'est le gage*
*Des bienfaits.*

*Quel bonheur digne d'envie!*
*Tes vœux nous donnent la vie;*
*A ta voix*
*L'Univers change,*
*Tout se range*
*Sous tes loix.*

On danse.

ISMENE, embrassant l'Urne.

*Remply mes derniers vœux, c'est mon cœur qui t'implore,*
*Sers-moy contre un Tyran de mon bonheur jaloux,*
*Un Mortel amoureux devenoit mon Epoux:*
*Accorde à mes regards cet Amant que j'adore.*

ALCIDON paroît dans un Char.

*O Ciel tout succede à mes vœux;*
*C'est mon Amant, c'est luy; que mon sort est heureux!*

## SCENE IV.

ALCIDON, ISMENE.

ALCIDON.

*JE ne sçais quel pouvoir dans ce séjour m'amene.*

ISMENE.

*Ah ! mon cher Alcidon.*

ALCIDON.

*Ismene*
*C'est vous ?.. Amour, ah ! quel bonheur !*

ENSEMBLE.

*Non, rien n'est égal à la peine*
*Où vôtre absence avoit livré mon cœur !*

ALCIDON.

*Avez-vous flechi le Genie ?*
*Eh quel Dieu vient me rendre au charme de vous voir !*
*Si de vous retrouver j'avois perdu l'espoir,*
*J'aurois perdu la vie.*

ISMENE.

*J'ay de vôtre Rival trompé la tiranie,*
*Je m'arme contre luy de ſon propre pouvoir.*

ALCIDON.

*Fuyons, & que l'Amour dans nôtre ame ravie,*
*Par l'aveu de l'Hymen, s'affermiſſe à jamais.*

ISMENE.

*Urne, tranſporte-nous dans le ſein de l'Aſie;*
*C'eſt le plus cher de nos ſouhaits.*

ENSEMBLE.

Urne tranſporte nous dans le ſein de l'Aſie.

## SCENE V.

ZELINDOR; & les Acteurs de la Scene précédente.

Le Theâtre change & represente le Palais du Genie.

ZELINDOR.

*QU'ay-je entendu? Perfide....*

ISMENE.

*Amour, protege-nous.*

ZELINDOR.

*Concevez ma fureur extrême,*
*En aprenant ce que j'ay fait pour vous;*
*L'Urne ne pouvoit rien, je vous servois moi-méme:*
*Vous formiez des souhaits, je les remplissois-tous.*
*Ah! devois-je éprouver cette barbare injure?*
*C'est en comblant vos vœux que je vous rends parjure?*
*Malheureux, redoutez mon funeste couroux.*

ISMENE.

*Est-ce un crime d'être fidelle?*
*Je ne vous trahis point en trompant vôtre ardeur;*
*Vous voyez quel amour avoit fixé mon cœur?*

ZELINDOR

*Eh pourquoy me laisser, Cruelle,*

*Ignorer cet amour qui détruit mon espoir?*

ISMENE.

*Contre un Rival aimé j'ay crains vôtre pouvoir.*
*Pardonnez ma foiblesse extrême,*
*Je devois, il est vrai, vous croire genereux:*
*Mais, helas! c'est le sort d'un cœur bien amoureux,*
*De craindre tout pour ce qu'il aime.*

ZELINDOR.

*Par quelle erreur, helas, me laissois-je éblouir!*
*Mes soins vous outrageoient en cherchant à vous plaire?*
*Du moins cessez de me haïr,*
*En faveur de l'effort que mon cœur va se faire.*

*Revoyez le Séjour où tendent vos souhaits,*
*Possedez de mon Art les plus heureux secrets,*
*Conservez long-tems la jeunesse:*
*Mon malheur vous a fait mépriser ma tendresse;*
*Recevez du moins mes bienfaits.*

FIN.

---

J'AY lû par Ordre de Monseigneur le Garde des Sceaux, *L'Empire de l'Amour, Ballet Heroïque.* Je n'y ay rien trouvé qui puisse en empescher l'Impression. A Paris le vingt-septiéme Mars 1733. Signé GALLYOT.

www.ingramcontent.com/pod-product-compliance
Ingram Content Group UK Ltd.
Pitfield, Milton Keynes, MK11 3LW, UK
UKHW021136230726
13926UKWH00002B/838

9 782014 447835